DELPHINIE.

A KIANSI.

1758.

DE ***

IL est dans le monde une per-
sonne plus belle que Delphinie, aussi généreuse que le Prince.
Volez à ses pieds, essai de ma
plume, plus heureux & plus har-
di que moi ; daigneroit-elle jet-
ter les yeux sur vous ? N'at-
tendez pas un bien si doux ,
n'aspirez pas à tant de gloire.
Desirez seulement qu'elle pense
que vous n'aviez jamais écrit,
que vous n'avez écrit que pour

elle , & que les *sentimens* de
l'Amour qui lui offre cet hommage *sont aussi vifs* , que le
présent est médiocre.

DELPHINIE.

ANS une famille, plus illuſtre par ſes vertus que par ſes titres, naquit Delphinie, fruit unique d'un himen, dont l'Amour avoit formé les nœuds, & que les dégoûts n'empoiſſonnerent jamais.

Sa beauté attira bientôt à ſes pieds une foule d'Adorateurs.

Fuyez, malheureux Amans, qui êtes le jouet d'une ſi douce eſpérance : *Delphinie* aime ; l'heureux *Parthemon* triomphe de ſon cœur.

A iij

Un jour qu'il la cherchoit , il apprend qu'elle eſt dans ſes jardins ; il y vole. Elle s'étoit endormie ſur un lit de gazon. Le ſommeil ſembloit répandre ſur elle un charme plus touchant ; il tombe à ſes genoux, il cole ſa bouche ſur une de ſes mains ; *Delphinie* s'éveille, elle eſt ſurpriſe & attendrie ; elle veut parler , ſa voix s'éteint dans ſes pleurs ; ils annonçoient *à Parthemon* ſa grace & ſa victoire.

« Je vous aime, lui dit-il, *Delphinie*, uniſſons nos deſtins comme nos cœurs ; nos parens ſont égaux, ils ne connoiſſent point les appas trompeurs de la folle ambition ; ils préféreront notre ſort, dans ces hameaux tranquilles, au faux éclat de la for-

» tune des Cités ; ne différons
» point un bonheur qui fera éter-
» nel ; tout ce qui le retarde fem-
» ble me l'enlever.... De noirs
» preffentimens viennent m'épou-
» vanter ; ne donnons point à cette
» Déeffe inconftante le tems de
» nous tourner le dos.

» Eloignez de vous ces crain-
» tes, reprit tendrement *Delphi-*
» *nie* , vous m'aimez, je vous
» aime , voilà nos biens, la for-
» tune ne peut rien fur eux. »

C'eft ainfi que l'on croit faci-
lement ce qu'on défire.

Cependant le Ciel fe couvroit
pour eux de nuages , & une nuit
affreufe alloit fuccéder au plus
beau jour.

Cette Contrée étoit gouvernée

par un jeune Prince, qui n'avoit encore difpofé ni de fa main, ni de fon cœur.

Ses Peuples fembloient defirer une Souveraine avec plus d'impatience que lui ; les Fêtes que ces évenemens occafionnent, les chimeres du changement, l'efpérance de voir un État foutenu par des fuccefleurs dont on conçoit toujours de hautes idées ; ces motifs excitoient les vœux de fes Sujets, fans qu'il y répondît ; jufqu'alors il n'avoit paru qu'infenfible & volage.

Le bruit de la beauté de *Delphinie* alla jufqu'à lui ; il voulut en juger par fes yeux, n'envifageant qu'un pur amufement, fans projets & fans inquiétude.

Il arrive un soir, feignant d'avoir été surpris par la nuit, à la porte de sa demeure.

Les parens de *Delphinie*, plus sensibles au plaisir de fournir un gîte à leur Maître, qu'éblouis de l'éclat d'une visite auguste, le reçurent avec cette dignité qui distingue l'homme bien né, dans l'état même le plus humble.

Le Prince est frappé des attraits de *Delphinie* : un tendre intérêt succéde à la surprise ; il félicite ses parens d'être possesseurs d'un bien qu'il leur envie ; & ce qui ne leur parut que des politesses dûes au sexe, que les Grands sçavent employer avec tant d'aisance, étoit

l'expreſſion des feux qui s'allu-
moient dans ſon ame.

L'heure de ſe retirer dans l'ap-
partement qu'on lui avoit préparé
arriva trop vîte au gré de ſes de-
ſirs : là s'occupant de *Delphinie* ,
au lieu de s'abandonner au ſommeil , il s'applaudiſſoit déja de ſa
prétendue conquête ; plein de ces
idées que *Delphinie* ne partageoit
pas avec lui , il repartit , par
bienſéance , le lendemain avec ſa
ſuite.

Il s'apperçut bientôt qu'il étoit
d'autres biens qu'une Couronne ,
& que *Delphinie* lui manquoit ; il
chercha à l'attirer auprès de lui.

Sous prétexte de récompenſer
ſon pere de l'aſile qu'il en avoit reçu , il l'appella à ſa Cour , & le fit

[11]

son Ministre, persuadé que sa famille l'y suivroit.

Le pere de *Delphinie* ne quitta pas sans regret ces lieux champêtres, où il avoit passé des jours si serains ; il ne put cependant refuser les graces d'un Prince qu'il ne croyoit que généreux.

Delphinie fut plus flatée de ce changement, pensant devenir plus chere à son Amant, lorsqu'elle auroit à lui offrir davantage.

Parthemon la retrouva aussi tendre, & les allarmes que son amour avoit conçu de la haute fortune de son Amante, s'évanouirent.

Il instruisit ses parens de l'amour qu'il avoit pour *Delphinie*, & les pria de seconder ses desseins ; mais la différence que le sort avoit mis

depuis peu entre leurs familles ,
leur faifoit appréhender un refus.
Les vives prieres de leur fils l'em-
porterent enfin fur leurs craintes ,
& ils hazarderent leurs propofi-
tions avec tous les ménagemens
qu'on emploie , quand on craint de
paroître préfomptueux.

Ils trouverent à la Cour le pere
de Delphinie tel qu'il étoit à fa
terre ; fa grande ame n'avoit point
été énivrée de fon nouvel état ; le
Courtifan n'avoit point fait difpa-
roître l'Ami.

» Vous m'étiez chers, leur dit-
» il, avant mon élévation , j'avois
» toujours fouhaité de voir notre
» amitié fortifiée par les liens que
» vous me propofez ; ma fille eft à
» *Parthemon*.

[13]

Quelle réponse pour des gens qui trembloient d'avoir trop osé !

Un Athelete couronné après un combat opiniâtre, éprouve moins de joye que n'en ressentit leur fils en apprenant le succès de leur demande.

Ses plaisirs devoient être aussi courts qu'ils avoient été vifs ; il n'alloit plus essuyer que des revers.

Le Prince feignant de vouloir s'entretenir avec son Ministre, étoit passé chez lui , & y avoit trouvé *Delphinie* seule.

« Je cherchois votre pere, lui
» dit-il, belle *Delphinie* , mais les
» affaires que j'ai à lui communi-
» quer ne sont pas celles qui m'in-
» quietent le plus ; il en est qui
» m'intéressent bien davantage , &

» c'eſt vous qui les avez fait naître.

« Depuis que je vous ai vûe, vous
» avez été l'objet de tous mes de-
» ſirs , & l'ame de toutes mes ac-
» tions ; j'ai fait parler mes yeux,
» vous n'avez pas entendu leur
» langage ; vous n'avez vû en moi
» qu'un Prince , & non un Amant
» qui vous adore ; puis-je eſpérer
» de vous rendre ſenſible, je vous
» offre ma couronne & mon cœur.

Delphinie étonnée ne ſçavoit
que répondre ; lorſque ſon pere
entra, il n'apperçut dans la conte-
nance de ſa fille , que l'embarras
d'une jeune perſonne qui ſe trouve
ſeule avec ſon Maître. Le Prince
incertain de ſon ſort, cherchoit à
lire ſon Arrêt dans ſes yeux, mais
elle ne les levoit plus ſur lui ; ſon

ame auſſi agitée que la mer dans
une tempête, attendoit ſon départ
pour ſe calmer, & appelloit *Par-*
themon à ſon ſecours.

A peine le Prince diſparoiſſoit
avec ſon Miniſtre, que *Parthemon*
arrive comme un homme aſſuré de
ſon bonheur, en qui tout annonce
la joie qui le poſſéde.

« Vous m'êtes accordée par votre
» pere, dit-il à *Delphinie*, nos fa-
» milles vont s'unir comme nos
» cœurs.

» Quoi ! vous êtes interdite,
» vous ſoupirez ; que veut dire ce
» viſage abbatu ? Sont — celà les
» tranſports que je m'étois promis ?
» Les Dieux me ſont témoins que je
» n'aime en vous que vous-même,
» & non les honneurs & les biens

› que la fortune vous a donné : je
› vous avois aſſez eſtimée pour
› croire que vous ne changeriez
› point avec elle ; mais je vois....

› Arrêtez, *Parthemon*, je ne
› ſuis point changée, ce n'eſt pas
› là d'où viennent vos malheurs
› & les miens ; tremblez en ap-
› prenant ce qui les cauſe : vous
› avez un Rival, & ce Rival qui
› ne peut rien ſur nos cœurs, peut
› tout ſur nos deſtinées ; c'eſt le
› Prince, il m'en a fait l'aveu. «

La foudre n'a pas des effets plus
prompts & plus dangereux : une
pâleur mortelle couvre le viſage de
Parthemon, ſes yeux ſe ferment à la
lumiere, ſes forces l'abandonnent,
il tombe comme un homme bleſſé
qui rend les derniers ſoupirs. *Del-*
phinie

phinie effrayée du danger de fon Amant, le prend entre fes bras, elle le rappelle à la vie par fes fanglots & fes embraffemens ; le feu de fon ame le ranime, il fent les fecours qu'elle lui donne ; l'image de fes maux céde à l'attrait de fe voir fi chéri ; fon amour s'irrite à la vûe des obf- tacles, il embraffe *Delphinie*, leurs ames femblent n'en faire plus qu'une, & être inféparables ; ils fe lient par de nouveaux fermens, l'efpérance renaît dans leurs cœurs.

Cependant le Roi paroiffoit in- quiet : les Courtifans vouloient en- vain pénétrer ce qui l'agitoit ; ils étoient bien éloignés de le croire amoureux.

Le pere de *Delphinie* qui avoit abandonné les foins de fa terre,

B

pour se livrer au gouvernement des Peuples, ne considéra l'État que comme une plus grande famille dont il étoit devenu le pere, & dont il ne devoit chercher qu'à prévenir les desirs, & soulager les besoins.

Heureux les Peuples à qui le Ciel envoye des Ministres que leur puissance n'aveugle ni n'endurcit sur les miseres publiques ; plus heureux encore les Rois qui en ont sçu faire le choix.

Il crut que son premier devoir étoit d'engager son Maître à prendre une épouse ; que ce mariage donneroit à l'État de nouveaux Alliés, ou uniroit des Maisons rivales ; & qu'outre les raisons de la politique, une Reine seroit dans

une Cour l'ame des plaisirs & son
ornement, la protectrice des malheureux, pour son Maître l'espoir
de sa Race, & la compagne fidelle
des ennemis dont le Thrône même
n'exempte pas ; il lui représenta les
vœux de la Nation, l'intérêt de
l'Etat, la satisfaction qu'il y devoit trouver lui-même.

Il n'attendoit pas d'un Prince,
jusqu'alors indifférent, une si
prompte réponse.

« J'ai pensé à ce que vous me
» proposez, lui dit le Prince sur le
» champ, mon choix est fait, je
» compte qu'il sera agréé de mes
» Sujets ; & quand je le leur aurai
» fait connoître, leur approbation
» sera moins l'hommage de la sou-
» mission qu'ils me doivent, que

» celui de la justice qu'ils seront
» forcés d'y rendre. On n'est
» heureux qu'avec ce qu'on aime ;
» serois-je privé d'un bien dont
» peut jouir le dernier de mes Su-
» jets. Je veux une Compagne
» amenée par l'Amour, & non une
» Victime traînée à l'Autel pour
» être sacrifiée à l'orgueil du Thrô-
» ne ; ces alliances dont on veut
» s'étayer, menent souvent plus
» loin qu'on ne pense. Ai-je besoin
» d'un autre appui, que de l'amour
» de mes Peuples? Ils doivent s'es-
» timer & m'estimer assez, pour
» être au-dessus des craintes. Ma
» gloire ni la leur ne souffriront
» point de mon choix ; les graces
» & la vertu sont faites pour être
» couronnées. J'attens de vous

» l'exemple : vos services paſſés ;
» vos vûes que je remplis, votre
» propre intérêt m'en répondent.
» C'eſt votre fille que je veux cou-
» ronner. Allez le leur annoncer,
» & qu'ils partagent votre joie. «

Un autre que le pere de Delphinie eût été au comble de ſes
vœux ; mais la vanité n'étoit pas ca-
pable de ſéduire une ame de cette
trempe.

» Tout m'interdit, repondit-il ;
» une obéiſſance qui feroit un cri-
» me ; le repos de vos Peuples dont
» je réponds, depuis que vous
» m'en avez fait le dépoſitaire ;
» votre gloire que je trahirois, à
» laquelle je participe aujourd'hui ;
» le cœur de *Delphinie* dont ni
» vous ni moi ne pouvons diſpoſer ;

» fa foi qu'elle a juré à un autre;
» l'approbation que j'ai donnée à
» cet engagement, voilà les inté-
» rêts que je dois confulter ; voilà
» le devoir que je dois fuivre.

  » Je n'avois pas cru, dit le Prin.
» ce en foupirant, avoir à furmon-
» ter dans cette occafion d'autres
» obftacles que les préjugés vul-
» gaires & vos fcrupules ; je croyois
» *Delphinie* encore à elle ; j'efpé-
» rois la gagner par l'appas d'une
» Couronne, par le don de mon
» cœur qu'elle enleve fans fruit à
» tant de rivales qui y trouveroient
» leur bonheur. Je vous défends
» d'en difpofer fans mes ordres; je
» fais dépendre d'elle ma deftinée,
» à qui tient celle de mes Etats. Je
» regarderois comme un attentat

» tout ce qui pourroit me l'enlever.
» A ces conditions , je veux bien
» ignorer le nom de celui à qui
» vous l'aviez promife ; qu'il s'é-
» loigne d'elle & de moi . . . Il eft
» criminel , puifqu'il s'oppofe à
» mon bonheur. Si le fort l'offroit
» à mes yeux , peut-être n'écou-
» terois-je que ma vengeance. »

Le Miniftre confterné ne crut
pas dans ce moment devoir op-
pofer au Prince une plus longue
réfiftance : incapable de le flatter,
& jugeant que fes raifons ne fe-
roient que l'aigrir , il le laiffa livré
aux mouvemens tumultueux de fon
ame.

A peine fut-il rentré chez lui ,
qu'il s'abandonna aux plaintes qu'il
avoit étouffées. » O chere folitude ,

[24]

» fe difoit-il ! où je n'avois connu
» ni grandeurs, ni revers, où je
» voyois tous les matins le Soleil
» fe lever fans inquiétude, & la
» nuit paroître en m'annonçant un
» doux fommeil, où le repos étoit
» éternel, les chagrins legers &
» paffagers, où j'adorois les Dieux
» fans les importuner, à l'abry de
» l'intérêt & de la vanité, honteux
» & trop puiffans refforts des ac-
» tions humaines ; où je ne con-
» noiffois de biens que d'aimer &
» d'être aimé des miens . . . . Jours
» heureux ! Qu'êtes-vous devenus ?
» Efclave aujourd'hui des paffions
» d'un Maître, chargé du fardeau
» pénible de concilier à toute
» heure fes intérêts avec celui de
» fes Sujets, portant la haine des
» malheurs

» malheurs, & rarement remercié
» des fuccès, veillant fans ceffe,
» fouvent accablé, & jamais fatis-
» fait... Eft-ce donc là l'objet
» amoureux de l'affection des hom-
» mes? Où fe trouve donc cette
» félicité tant vantée?

Allons dans ce revers confulter
ce que j'ai de plus cher au monde.
Il entra chez fon époufe, où il
trouva *Delphinie*. « Ah! ma fille,
» dit-il, en l'embraffant, que vos
» attraits vont vous devenir fu-
» neftes! Hâtez-vous de répandre
» des pleurs. Nos difgraces auront
» befoin d'un courage à toute
» épreuve; vous ne verrez plus
» *Parthemon*; le Roi veut qu'il
» forte de fes Etats. A ce feul prix
» il confent à ignorer qu'il eft l'é-

» poux que je vous deſtinois, & à
» ſuſpendre ſa vengeance. Pré-
» parez-vous à ce ſacrifice nécef-
» ſaire ; exigez de lui l'obéiſſance
» la plus prompte ; annoncez lui
» cet Arrêt cruel, l'intérêt que
» vous y prendrez en adoucira la
» rigueur ; mais ne le voyez point,
» quelques prieres qu'il vous en
» faſſe, ces adieux aigriroient des
» maux déja trop grands , & le
» perdroient s'il étoit découvert.
» Peut-être un jour les Dieux nous
» deviendront plus favorables.
» Partez avec votre mere pour ma
» terre, & attendez-y mes ordres ;
» ne vous y laiſſez pas accabler
» par votre douleur ; ſongez que
» je la partage avec vous, & que
» votre pere aura à ſoutenir le

» poids de son état & du votre. »

Cette tendre Amante fut forcée d'annoncer à *Parthemon* les ordres cruels qui les séparoient à jamais ; un Lion blessé du trait d'un chasseur ne devient pas plus furieux ; & quels périls n'eût - il pas affronté pour la voir ou l'enlever, s'il n'eût craint de lui déplaire ?

Cependant il fallut subir cette loi, toute dure qu'elle étoit, & s'éloigner de *Delphinie* ; il alla offrir ses services à une Nation voisine, alors en guerre, croyant que c'étoit là la seule ressource d'un homme de courage, injustement maltraité, & qu'elle lui fourniroit l'occasion de finir glorieusement des jours qui n'étoient plus pour *Delphinie*. S'il eût pû être sensible à

d'autres biens qu'à ceux qu'il venoit de perdre, il eût dû en remer-
cier la fortune. Sa disgrace, sa jeu-
nesse, une phisionomie qui inspi-
roit l'intérêt, lui servirent de re-
commandation ; on lui donna le
commandement d'une troupe.
L'indifférence pour la vie qu'a un
homme mécontent de son sort, le
jettoit sans cesse dans les plus
grands dangers ; c'étoit-là que sa
douleur & le désespoir qui le ron-
geoient étant suspendus, on s'éton-
noit de le voir plus serein au milieu du carnage que dans le repos
d'un camp. Il devint bientôt l'admiration de l'armée & la terreur des
ennemis ; les Chefs n'osant plus
donner d'ordre à un homme fait
pour les commander, le mirent à

leur tête ; fa réputation vola d'une Contrée à l'autre.

Delphinie apprit jufques dans fa folitude les aventures de cet illuftre inconnu, & fon cœur lui dit que c'étoit *Parthemon* ; mais tant de gloire ne la raffuroit pas fur les périls où elle le croyoit expofé, & lui faifoit fentir toute la perte qu'elle avoit faite.

Le Prince cependant ne put fe paffer plus longtems de fon Miniftre : il l'envoya chercher croyant que fes careffes & de nouveaux bienfaits féduiroient celui que fes ordres n'avoient point ébranlé. Il parut devant fon Maître avec cet air affuré que le parjure affecte, & ne peut imiter. « Venez, pere trop » heureux, lui dit le Prince, &

» Miniftre trop févere ; me trai-
» terez-vous plus mal que le der-
» nier de mes Sujets ? Quoi ! tan-
» dis que vous vous épuifez chaque
» jour à trouver les moyens de
» rendre mes Peuples heureux ,
» ferois-je le feul dans mes Etats
» qui pût fe plaindre de vous ; &
» compatiffant pour tout le refte ,
» ne feriez-vous cruel que pour
» moi ? Ayéz pitié d'un Prince
» dont le bonheur eft entre vos
» mains , qui deviendra encore
» moins votre fils en couronnant
» *Delphinie*, qu'il ne le fera par
» fes égards pour vous ; aidez moi
» à la flechir , au lieu d'entretenir
» une réfiftance qui rempliroit mes
» jours d'amertume , & en abré-
» geroit la durée.

» Vous exigez de moi, *Prince*,
» répondit le Miniſtre, ce qui
» n'eſt pas en mon pouvoir ;
» tels que ſoient les droits d'un
» pere ſur ſes enfans, ceux d'un
» Monarque ſur ſes Sujets, le
» ames ſont indépendantes ; leurs
» cœurs ne connoiſſent de loix
» que celles que l'Amour inſpire ;
» & quand votre gloire ne ſouf-
» friroit pas d'une alliance ſi dif-
» proportionnée & à laquelle mon
» devoir ne me permet pas de con-
» ſentir comme votre Miniſtre,
» que puis-je ſur un cœur rempli
» d'un autre objet ? Et quand je
» pourrois diſpoſer de ſa perſonne,
» & en exiger le ſacrifice, que fe-
» riez-vous d'une épouſe qui iroit
» à l'Autel en ſoupirant, au lieu

» d'y marcher pleine de joye & de
» tendreſſe , & qui n'arroſeroit
» votre lit que de pleurs , loin de
» répondre à vos tranſports ? »

C'eſt alors que me reprochant ma lâche complaiſance , & accuſant mon ambition , je me verrois en bute à votre juſte colere , & qu'ayant à la fois contre moi les réproches de vos Sujets , ceux de ma fille & les vôtres , je mourrois de regret d'avoir cáuſé tant de maux , & d'avoir trahi mon devoir.

« Puiſqu'il faut renoncer, cruel,
» à votre ſuffrage , dit le Prince ,
» laiſſez-moi du moins eſpérer que
» mes ſoins , mes regards & ma
» tendreſſe pourront un jour obtenir celui de *Delphinie.* Pré-

» parez-la feulement à fupporter
» ma préfence. Je veux la voir au-
» jourd’hui ; de quelque œil qu’elle
» me regarde , je fouffrirai moins
» que d’en être éloigné ; allez la
» trouver , je marche fur vos pas.
» Elle n’eft plus ici , elle eft main-
» tenant dans ma terre , répondit
» le Miniftre ; j’ai crû devoir vous
» la dérober , & à une Cour avide
» de pénétrer les pleurs où elle
» s’eft abandonnée ; elle qui com-
» blée des biens que vous avez
» répandus fur nous avoit , il n’y
» à gueres , toute cette Cour pour
» témoins de fa joye & de fa re-
» connoiffance , eût-elle pû pa-
» roître aujourd’hui défolée , tan-
» tôt faifant retentir l’air de fes
» cris douloureux , tantôt plongée

» dans un morne silence ; persua-
» dez-vous , Prince , que le haut
» rang où les Dieux vous ont pla-
» cé ne peut compatir avec cette
» alliance ; l'amour ou la haine
» de votre Peuple dépendent du
» soin que vous prenez d'une gloire
» qui lui est commune. Ces sen-
» timens ébranlent ou affermissent
» les Thrônes ; choisissez d'être
» regardé comme un pere par des
» enfans soumis & respecteux , ou
» comme un Maître qui , la verge
» à la main, arrache du service de
» vils esclaves.

Ainsi la fermeté du Ministre lut-
toit contre la passion du Prince , &
travailloit à l'en guérir.

Il manda à sa fille ce qui venoit
de se passer, l'exortant à la patience

& n'entrant d'ailleurs dans aucune explication fur un avenir où lui-même ne pouvoit pénétrer.

Les chofes étoient dans cette incertitude, lorfque des événemens nouveaux vinrent fournir au Prince des occupations.

Les Peuples chez qui s'étoit retiré *Parthemon* avoient été de tout tems jaloux de ceux que ce Prince gouvernoit ; une guerre qu'ils venoient de terminer heureufement ; des troupes fur pied en grand nombre & victorieufes ; un Général dont ils fe promettoient tout, réveillerent leurs efpérances & leur jaloufie, & ils fe crurent fûrs du fuccès en attaquant un jeune Prince fans expérience.

Ils lui envoyerent redemander

par des Ambaſſadeurs une Province que ſon pere avois conquiſe ſur eux.

Parthemon déguiſé accompagna les Ambaſſadeurs, & ſous prétexte de les aider de ſes conſeils, & de leur inſpirer la vigueur néceſſaire à exécuter de tels ordres, il ſervoit ſon amour & ſa vengeance.

L'Ambaſſadeur arrivé eut audience auſſitôt, & expoſa ſes demandes.

« Vous ne regnés , dit-il au
» Prince, ſur la Province qu'on
» vous a cédée, que parce que les
» armes du Roi votre pere furent
» plus heureuſes que les nôtres.
» Nous ſommes aujourd'hui en
» état de réparer ces pertes , ſi

» pour épargner le fang des Peu-
» ples, vous voulez nous rendre
» un Pays qui fera éternellement
» entre vos mains un fujet de que-
» relle, nous venons jurer la paix
» avec vous ; fi vous refufez de
» nous rendre un bien dont la
» jouiffance vous a affez payé des
» avantages que vous eutes alors
» fur nous, nous venons vous dé-
» clarer la guerre.

« J'ai reçu des mains de mon
» pere, répondit le Prince, à mon
» avénement au Thrône, le pays
» que vous redemandez, c'eft un
» dépôt dont je dois compte à mes
» Sujets, & dont je ferois indigne
» d'être chargé, fi je ne fçavois
» pas le défendre. Le goût que j'ai
» pour la paix & mon inexpé-

» rience vous enhardiſſent ; je
» crains les maux de la guerre, &
» n'en crains point les dangers ; ils
» ne feront rien pour moi, lorſqu'il
» s'agira de la défenſe de mon Peu-
» ple. Dites à votre Maître qu'il
» ne me cherchera pas longtems,
» mes troupes ſont prêtes, j'ac-
» cepte la guerre : au reſte, par-
» tez promptement. »

Parthemon avoit profité du ſé-
jour de l'Ambaſſadeur pour aller
voir *Delphinie*, il ſe rendit à ſa terre.
Quelle joie pour lui ! de revoir ces
lieux qui avoient été le berceau de
ſes plaiſirs, & qu'habitoit l'idole de
ſon cœur.

Delphinie frémit en le reconnoiſ-
ſant : Témeraire, lui dit-elle, que
faites-vous en ces lieux où vos jours

font profcrits?... Eft-il, Madame, des périls pour *Parthemon*, quand il jouit de votre vûe? Je fuis venu déguifé à la fuite de l'Ambaffadeur de ces Peuples pour qui j'ai combattu, & qui viennent de déclarer la guerre à votre Maître; fi je les ai fervis avec quelque gloire lorfqu'aucun intérêt n'excitoit mon courage, que ne ferois-je pas quand je combatterai pour vous arracher à vos malheurs? Mais tandis que j'irai chercher pour vous la mort ou la victoire, que deviendrez-vous, *Delphinie*, folitaire, défolée, perfécutée fans ceffe? Réfifterez-vous à tant d'ennuis? Ne vous infpirera-t-on point que *Parthemon* eft devenu coupable, & plaindrez-

vous mon fort qui ne m'offre de ref-
fource que ces moyens défefpérés?

Otez-moi, lui dit-elle, trop malheureux Amant de devant les yeux
des objets fi funeftes; je ne penferai
qu'à vos maux ; mes inquietudes
vous fuivront partout ; & fi les
Dieux font touchés des vœux & des
facrifices, je leur en offrirai tant,
que peut-être ils s'appaiferont pour
nous ; partez, votre féjour ici me
caufe trop d'allarmes.

Que *Parthemon* eût aifément ou-
blié aux pieds de *Delphinie* les
périls qu'il couroit ! Il fallut s'arracher à un entretien fi doux, &
lui baifant les mains qu'il arrofoit
de fes larmes ; il eût expiré de l'ex-
cès du plaifir qu'il goûtoit, & du
regret de la quitter, fi *Delphinie*
s'armant

s'armant d'un courage que son cœur désavouoit, ne l'eût forcé de partir.

Alors elle donna un libre cours aux pleurs qu'elle lui avoit caché, & venant à envisager toute l'horreur de l'état où elle étoit condamnée, & que sa solitude lui remettoit sans cesse devant les yeux, l'espoir même qui adoucit les plus grandes disgrâces s'enfuyoit loin d'elle.

Cependant le Roi ayant congédié l'Ambassadeur, ne songea plus qu'à se préparer à la guerre; il donna ordre à ses troupes de marcher vers la Province que les ennemis devoient attaquer.

Son Ministre le secondoit avec ce zéle qui fait trouver tout facile, & le desir qu'il avoit de remplacer chez lui par des soins glorieux un amour qu'il désaprouvoit.

Le Prince même paroissoit impatient d'être à la tête de ses troupes. Le courage impétueux qu'il montroit, aigri encore par le procédé de ses ennemis, & par la passion qui le tourmentoit, & qu'il vouloit à force de tems & de gloire rendre victorieuse de l'indifférence de *Delphinie*, fit croire qu'il n'avoit attendu que cette occasion pour paroître ce qu'il étoit, & que la paix seule avoit empêché ses talens de se déployer. Tout étant prêt il ne voulut pas partir sans voir *Delphinie*; il se présenta à elle comme un coupable qui venoit implorer sa grace, & non comme un Maître qui exigeoit de la soumiſſion. Mais ſes hommages & ſon encens furent perdus auprès d'un cœur fermé à tout autre deſir qu'à ceux qui s'en étoient d'abord rendu les maîtres.

Il revint trouver ſa Cour, & partit auſſi-tôt pour aller ſe mettre à la tête de ſes troupes.

Déja les ennemis étoient en mouvement, & avoient ouvert la campagne par la priſe de quelques places de peu de conſéquence ; après quoi ils mirent le ſiége devant la plus importante du pays. Quoique la garniſon fût nombreuſe, & la Place munie de tout ce qu'il falloit pour faire une longue réſiſtance, le Prince s'avança dans le deſſein de donner bataille.

Les ennemis ſortirent de leurs

retranchemens, & fe camperent dans une plaine par où le Prince devoit arriver. Fiers des fuccès qu'ils avoient eu récemment, pleins de confiance en leur Général, ils fe promettoient la victoire. Les troupes du Prince n'étoient pas moins animées ; la jaloufie qui regnoit entre ces deux Nations ; leur pays à défendre ; l'ardeur qu'infpire un jeune Prince, brûlant de fe fignaler, les rendoient impatiens d'en venir aux mains.

Le combat s'engagea bientôt : *Parthemon* ayant donné le fignal fe détache avec une troupe choifie, & attaque celle où étoit le Prince, c'étoit l'élite des deux Armées ; la terre en un inftant eft couverte de morts fans qu'aucun parti paroiffe avoir l'avantage, ni faire reculer d'un pas l'ennemi qu'il avoit en tête. Ces deux Corps épuifés reftent quelque tems immobiles, & fe regardent avec admiration.

Après ce peu de repos, la mêlée recommence avec plus d'acharnement ; de part & d'autre on faifoit les plus grands efforts, mais rien ne fe décidoit.

Parthemon auffi animé par la vengeance que par la gloire, fembloit avoit fait paffer fon ame dans celle de chacun de fes foldats. Le Prince plus tranquille & non moins intrépide repouffoit leurs charges, & leur oppofoit un front impénétrable. Il apperçoit fon redoutable Rival qui, l'épée à la main, couroit de rang en rang pour exciter les fiens ; il l'appelle , le carnage ceffe, les troupes laiffent un ef- pace entre elles ; ces deux Guer- riers, plus remarquables par l'é- clat de leurs actions que par celui que donne l'empire, s'avancent en jettant leurs cüiraffes & leurs caf- ques, pour ne laiffer aucune ref- fource au danger.

Les deux Armées dans le filence trembloient pour le fort de leurs Chefs. Ils s'approchent l'un de l'autre ; c'eft en fortant glorieux de ces épreuves délicates, HEROS, que vous méritez nos Autels. *Par- themon* n'a plus de Rival, il n'a plus d'ennemi ; quand il faut combattre fon Maître, il lui rend les armes, & tombe à fes genoux. Le Prince étonné de cet abaiffement dans un

[47]

Guerrier si fier, le releve : « Qui
» que vous soyez, lui dit-il , votre
» vertu vous égale aux Rois. Prin-
» ce trop généreux , reconnoiffez
» un de vos Sujets. *Parthemon* n'a-
» voit point vêcu à la Cour. Brave
» inconnu , lui dit le Prince, que
» vous avois-je fait pour vous trou-
» ver au milieu , & le plus redou-
» table de mes ennemis ?
    » Vous m'ôtates ce que j'avois
» de plus cher au monde ; vous
» me bannites de vos Etats ; je ne
» fentis que mon malheur ; je ne
» vis en vous qu'un Rival injufte
» qui abufoit de fa puiffance. »
L'Amour, (qui eft-ce qui n'a pas
éprouvé fon empire irréfiftible ?)
me rendit criminel.
    Vous êtes l'Amant de *Delphinie* ;

dit le Prince, avec ce trouble où jette un revers inattendu ! Il dé-tournoit les yeux de deſſus un homme qu'il avoit tant de raiſons de haïr & d'admirer ; irréſolu, déſeſpéré, il ſembloit un malade qui lutte contre la mort, & gardoit un ſilence farouche. Ainſi le Soleil caché quelque tems d'un nuage épais, n'en reparoît que plus brillant quand ces vapeurs ſont diſſipées. Tel le Prince aſſervi juſques-là par la plus violente des paſſions, ne voulant pas être vaincu en généroſité par ſon rival, & forçant à la fin ſon amour, & ſes reſſentimens à céder à ſa gloire ; « je » vous rends, *Delphinie*, & vous » accorde mon amitié, lui dit-il, » en l'embraſſant. »

Les

[49]

Les troupes émues quittent les armes, se mêlent, s'embrassent comme des freres qui se revoient après une longue absence. Les cris de joye se font entendre ; on veut mettre sur la tête du Roi une couronne de laurier ; il la prend & la présente à *Parthemon*.

Que de sang épargné par deux hommes qui avoient triomphé de leur haine ! Les plus éclatantes victoires ont-elles jamais fourni un spectacle plus beau ? Donnent-elles aux Vainqueurs plus de joie & plus de gloire ? Ne le verroit-on point se renouveller de nos jours ?

Europe infortunée

celle que donne pour un tems la
'aſſitude de combattre.

Le Roi reprit avec *Parthemon*
le chemin de ſa Capitale ; ſa jeu-
neſſe relevoit encore l'éclat de ſa
gloire ; les Peuples étoient tranſ-
portés d'admiration en voyant leur
Maître triomphant d'une guerre
qu'ils avoient crû devoir être longue & dangereuſe.

La ſeule *Delphinie* dans ſa ſo-
litude ne connoiſſoit que les pleurs ;
elle ne s'attendoit pas que les fêtes
que l'on préparoit fuſſent pour elle.

Le Prince manda à ſon Miniſtre
de venir au-devant de lui avec ſa
Fille ; il obéit , penſant que dans
cette occaſion la réſiſtance ſeroit
déplacée.

Les premiers regards du Prince

[51]

tomberent fur la trifte *Delphinie.*
« Je n'ai pas voulu, Madame, lui
» dit-il, que la perfonne dont j'ai
» le plus chéri le fuffrage, fût la
» feule qui parût infenfible à ma
» gloire ; & après avoir triomphé
» des efforts & de la haine de mes
» ennemis , feroit-il quelqu'un
» dans mes Etats plus difficile à
» vaincre qu'eux , & qui ofât gé-
» mir au milieu de l'allégreffe pu-
» blique ? C'eft de vous, Madame,
» que vient ; c'eft-à vous que je
» dois la gloire dont je jouis. Je
» veux en partager les fruits avec
» vous. Les apprêts que vous voyez
» ici de toutes parts embelliront
» l'hymen auquel je vousdeftine ;
» ce *Parthemon* que je vous rends,
» que je vous donne pour Epoux ,

» que je vous ai moi-même ame-
» né , que je mets entre vos bras,
» vous fera oublier les maux que
» je vous ai caufés. Paroiffez, trop
» heureux Amant, & forcez le feul
» cœur qui m'a pû réfifter , à être
» fenfible au moins à ce que j'ai
» fait pour vous. »

Quel regne n'annonçoient pas
de fi beaux commencemens? Nos
Amans vécurent heureux & longtems attachés au meilleur des Maîtres ; & fa premiere campagne
l'ayant rendu redoutable à fes Voi-
fins, il n'eut plus de guerre avec
eux, & il ne s'occupa qu'à faire du
bien à fes Sujets.

F I N.

9 782014 443806